현대시세계 시인선 169

상사화 지기 전에

이건행
시집

상사화 지기 전에

이건행
시집

도서출판 북인

  사람이 사람을 만나 피어난 이야기 속에 두레박을 내려 시를 길어올릴 때 풀잎처럼 바스락거린다는 것을 다름 아닌 먼 친척뻘 아저씨가 일깨워주었다.

  그 아저씨에게 내가 길어올린 시들을 마셔보라고 두레박째 건네주고, 나는 그가 건넨 한 됫박의 이야기를 옆구리에 끼고 또 어딘가로 떠날 채비를 한다.

  현재가 과거와 뒤엉켜 어렸을 적 내가 살았던 황화 냇가 뱀장어처럼 어딘가를 향해 미끈하게 헤엄친다. 나는 그것을 불멸로, 이야기로, 시로 본다. 생각할수록 눈물겹다.

2024년 가을
이건행

차례

3부 죽은 혁명의 사회

1부

허공의 깊이

나는 없다

미세먼지 짙게 깔린 봄날
사무실 인근 백화점에서
주민등록등본 떼는데 오류가 뜬다
오른쪽 엄지 지문을 입에 대고
김을 쐐도 소용없다
발급기는 은행 제출 시한 따위
알 바 없다는 듯 너를 증명하라고
명령할 뿐이다
지문 인식이 안 되는데
나를 어떻게 설명한단 말인가
나는 아무개, 책 몇 권 읽은 먹물,
구름 쫓는 수캐, 미세먼지…
AI는 꿈쩍하지 않는다
기를 쓰고 나를 찾아도
나는 없다
나는 나가 아니다
그럼 나는 도대체 누구란 말인가

시

먼 친척뻘 되는 아저씨가 묻는다.
네가 시 쓴다고 들었는디
시가 뭣이여?
딱히 한마디로 답하기 어려워
고민의 흔적 같은 것이라고 하자
아저씨는 신난 듯 말한다.
그럼 나도 시인이네.
날마다 머리가 깨지도록 아프니께.
어떻게 먹고살 것인가 땜시.
고민을 됫박 정도가 아니라
가마니째로 하지.
아버지 산소 들렀다가
아저씨에게 시인을 돌려주고
대신 쌀 한 가마니 얻어왔다.
찰진 고민들로 빼곡한.

사랑의 무게

사랑에도 무게가 있을까
스물한 살 초겨울
학내시위 사건으로 쫓기던 나는
무작정 서울에서 공주로 향했다
멀리서 공주사대 정문을 바라보며
온종일 누군가를 찾았다
실루엣만이라도 볼 수 있다면
얼마나 좋을까 가슴 졸였지만
그녀는 흔적조차 없었다
시내 여인숙에서
강소주를 마시며 밤새 흐느꼈고
그것은 작별의식이 되었다
교사 지망생인 가난한 그녀에게
나는 위험인물이어서
무조건 떠나주어야 했다
그 이후로 그녀를
단 한 번도 찾지 않았지만
단 한 번도 잊은 적이 없다
이렇게 시시한 사랑을
저울에 달면 저울추가 움직일까
정말 사랑에 무게가 있을까

지는 꽃 주우며

지는 꽃이 가슴으로 들어와
등불처럼 켜질 때가 있다

바람에 흩날리는 꽃잎들이
마음 깊은 곳에 박혀
별처럼 반짝일 때가 있다

저문 길 걷는 그대여
지는 꽃이 새롭게 보일 때
발밑 어둠도 눈부시지 않는가

스러져가는 꽃이
피어나는 꽃처럼
시리게 아름다울 때가 있다

상사화 지기 전에

백로 지나 술집에서 만난 친구가 머잖아 중앙공원 상사화가 질 것이라고 말하는 것이었습니다 분당의 상사화 서식지를 어떻게 알았느냐고 물었지만 이미 가슴이 철렁 내려앉은 뒤였습니다 자신과 무관하다는 듯 던진 말이 이렇게 깊이 파고들 줄 몰랐습니다 슬프다는 말이 슬프게 와닿지 않은 적은 많았지만 밋밋한 말이 슬프게 와닿기는 처음이었습니다 친구와 상사화를 화제로 이야기를 나누는 동안 나는 한 번도 경험해보지 않은 감정에 대하여 생각하였습니다 잎이 진 다음 꽃이 피어 서로 만나지 못하는 것은 문제가 되지 않습니다 나에게서 없던 것이 피어나는 게 문제입니다 상사화 지기 전에 보러 가야겠습니다 피고 지는 꽃의 무심한 일상에서 혹시 나 자신이 모르는 무언가가 내게서 피어날 수도 있으니까요

전어구이

어머니 모시고 조계사 들렀다 인사동에서 전어구이에 막걸리를 마셨습니다 노릇노릇 구워진 전어가 혀에 착착 감겼습니다 어머니 아니었다면 입가에 전어 부스러기와 막걸리 묻어 있는 줄도 몰랐을 겁니다 그런데 입가 훔치고 어머니를 바라본 순간 가슴이 뜨끔해졌습니다

어머니는 수염 덥수룩한 나를 지긋이 올려다보고 있었습니다 눈빛이 예사롭지 않았습니다 안쓰러움이 가득 배어 있다는 걸 느꼈습니다 신문사 노조위원장으로 있다 백수가 된 내게 너는 왜 대학 시절부터 지금까지 쌈박질만 하며 좋은 시절 다 흘려보내느냐고 질책하는 것 같았습니다

흰 접시에 담긴 애꿎은 전어구이만 뚫어져라 바라보았습니다 나 자신이 왠지 모르게 미워졌습니다 어쩌다 어머니의 자랑에서 걱정거리가 된 것인지 한숨이 절로 나왔습니다 어머니를 기쁘게 해드리지 못하는 내가 원망스러웠습니다 막걸리 한 사발 곧장 들이켰습니다

볼이 발그레해졌습니다 어디서 그런 용기가 났는지 다시 과거로 돌아간다 해도 그렇게 살 수밖에 없다고 생각했습

니다 대단해서가 아니라 그저 내가 살고 싶어서 산 것이기에 그런 마음이 들었는지 모릅니다 내 속마음을 훤히 꿰뚫고 있다는 듯 어머니는 전어구이를 내려다보았습니다 그런 어머니를 바라보는 내 눈도 안쓰러움으로 가득 찼습니다

어머니와 나는 서로 안쓰러워하다 전어구이 맛을 놓쳤습니다 이때가 아니면 전어는 우리 곁에서 떠납니다 모든 것은 때가 있다는 걸 모르지 않습니다만 올 전어는 흘려보내야겠습니다 내년 이맘때 전어는 어머니와 내 곁으로 돌아오겠지요

허공의 깊이

다큐 화면에 비친 노인은
누구를 가장 원망하느냐는 질문에
자신을 재우지 않고 두들겨 팬
형사도 아니고
고문 사실을 알리자
더 맞아야 한다던
검사도 아니고
검사가 들이민 공소장을
토씨 하나 빼지 않고 인용한
판사도 아니라고 말한다

간첩으로 몰렸다가
수십 년 만에 무죄를 받은 노인은
친인척과 이웃이
가장 원망스럽다고 답한다
순간 내 귀를 의심한다
분단이나 군사독재정권이라고
답하지 않은 노인에 대한
배신감마저 인다

노인은 자신의 아내와 자식들을
빨갱이로 낙인찍었기 때문이라고
느릿느릿 설명하고는
입을 닫고 허공을 응시한다
그때서야 나도 그 따라 입 닫고
창밖 허공을 바라본다
그의 허공의 깊이는
가늠조차 할 수 없다고
내 얕은 허공이 말하고 있었다

짬뽕밥

중국집에서 먹고 자며 일했던
어렸을 적 친구 떠오르면
측백나무에 얼굴 묻고 싶어라
대학생이 되어 상경했을 때
친구가 내민 시뻘건 짬뽕밥 먹고
온몸이 후끈 달아올랐다
잊을 수 없어 이따금씩 찾은
종로 뒷골목 중국집은
나의 서울 고향집이 되었다
그러던 어느 가을날
친구는 앞으로 찾아오지 말라고
휘갈겨 쓴 쪽지를 건넸다
짬뽕 국물 얼굴이 된 내게
짬뽕밥값은 네 친구
쥐꼬리만 한 월급에서 깐다고
중국집 종업원이 말했을 때
나는 고향 마을 측백나무로
그만 뛰어가고 싶었다
사과 서리하다 붙들려
친구와 함께 얼굴 묻었던

그 나뭇잎 사이로 숨고 싶었다
그 순간이 지워지지 않아
중국집 짬뽕밥만 보면
측백나무에 나 홀로 얼굴 묻고
마냥 울고 싶어라

파밭 연가

서 과부 아줌마와 길용 아저씨가
공중화장실 외벽에서 벌인 애정 장면이
왜 군대에서 떠오른 것일까
철책선 지하 벙커에서
포르노를 처음 보고 토했을 때
이상하게도 그때 장면이
눈물겹도록 아름답게 다가왔다
열한두 살 때였을 것이다
초승달이 위태롭게 떠 있던 날
우리는 총싸움놀이를 하고 있었다
파밭에 엎드려 숨죽이고 있는 나를
거친 숨소리가 집어삼켰다
부둥켜안은 실루엣이
화장실 외벽에서 출렁일 때마다
코끝이 달큼해졌다
그들이 초승달 속으로 미끄러져갈 때
나는 왠지 모를 부끄러움으로
파밭에서 도망쳐 나왔다
잊고자 했던 내 부끄러움이
하필이면 난생처음 포르노 보던 날

왜 갑자기 튀어나온 것일까
노랗게 보인 하늘 속으로
보일락 말락 하는 땅의 실루엣이
새 떼처럼 날아오를 줄 몰랐다
나는 어느덧 파밭에 엎드렸다
부끄러워했던 그 달콤함을
나도 모르게 움켜쥐었다
포르노에 가려져 있던 곳으로
빨려 들어가고 있었다

영원

창문 틈에 낀 검은 곰팡이, 때로 얼룩진 바짝 마른 걸레, 향꽂이 받치고 있는 투박한 질그릇, 휴대용 초록 가스라이터, 향 담긴 자주색 종이상자, 갈색 샤프펜슬, 읽다 만 노란 표지의 책, 늙고 깡마른 여인을 그린 그림 책갈피, 휘갈겨 쓴 글씨가 빼곡한 메모장, 연두색 아령

치아바타 빵 부스러기, 종지 밑바닥에 뒤섞여 있는 발사믹 식초와 올리브 오일, 곰보 유리잔 바닥에서 굳어져가는 우유, 노랑 접시에 담겨 있는 사과 껍질과 씨, 과일칼 양면에 묻어 있는 사과즙, 투명 플라스틱 사각통 안의 아몬드, 나무 식탁 미세한 틈에 끼어 있는 먼지들, 식탁 아래에 떨어져 있는 잔멸치, 두루마리 화장지 빈 가운데에 꽂혀 있는 몇 겹의 화장지, 식탁 위 관리비 고지서

사랑은 뜨거운 게 아니더군

사랑은 뜨거운 게 아니더군
멀리 있는 것이더군

아침에 눈 뜨면
아무도 생각나지 않아
가슴 쥐어뜯지만
그게 사랑이더군

꽃잎 진 자리가
사랑이더군
향기 사라진 자리가
사랑이더군

사랑은 차가운 게 아니더군
가까이 있는 것이더군

나팔꽃

골목길에 장미가 피어 있었네
내 마음에 가득 자리잡았을 즈음
장미 때문에 보지 못한
수줍은 나팔꽃이 눈에 들어왔네
아주 우연이었지만
왠지 모르게 가슴이 내려앉았네
상처는 예기치 않은 곳에서
덧나기도 한다지만
나는 믿지 않기로 했네
나팔꽃을 넌지시 바라보네
내 상처를 내려다보네

장대비

장대비가 쏟아지는
텅 빈 운동장 한가운데 서서
어깨 들썩이며 운 적이 있었다
도시로 전학 가는 짝꿍 때문만은
아니었을 것이다
그렇다고 초등 5학년생에게
쓰라린 사연이 있었던 것도
아니었을 것이다
그저 장대비 내리는 게 처연해서
하염없이 비를 맞다가
비 따라 울었을 것이다
울다보니 슬퍼져서
더 크게 울었을 것이다
비 멎었을 때도 차마 그칠 수 없어
고개 숙이고 울었을 것이다
비 그친 텅 빈 운동장에서
나 홀로 장대비가 되어
나를 흠뻑 적셨을 것이다

일주문 앞에서

나는 왜 몇 년 전 일을
떠올리는가
감쪽같이 잊어도 될 일을
방금 벌어진 것처럼
부르르 떨면서
기억하는가

서현동 국밥집에서
날 새워 소주를 들이켜며
나를 움켜쥐고 있었던 날
나는 홀로
서 있었던 것인가
너와의 이별을
받아들였던 것인가

나였던 너는
내 편지를 뜯어보지 않고
왜 되돌려보냈던가
너였던 나는 그 편지를
왜 공중으로 날려보냈던가

그 일을
하필이면 왜
두물머리를 품고 있는
수종사 일주문 앞에서
떠올리는가

엽서 한 장

가을 강 빠른 물살 위로 노을이 미끄러져 갈 때

첫사랑에게 한 글자도 쓰지 못하고 보낸 엽서가

여태껏 가슴에 고이 꽂혀 있다는 걸 알아차렸다

2부

수평적 폭력

전등사 가는 길

전등사 가는 길에
닭장에 웅크리고 있는
벌거숭이 암탉들을 보았다

닭들이 꿈틀거릴 때마다
붉은 맨드라미꽃이 되었다

서로 물어뜯어
비로소 똑같아진 꽃들

제 슬픔을 모르는 것보다
큰 슬픔이 어디 있으랴

전등사 닿기도 전에
내게서 나는 비릿함에
눈 감고 큰절 올렸다

서민이 서민을 죽인다는군요

송파구 잠실역 인근에서 승차거부 문제로 싸우던 일용노동자가 택시기사 머리를 흉기로… 택시기사가 성남은 가지 않겠다고 하자 서민이 서민을 죽인다며… 검정 배낭에서 몽키스패너를 꺼내… 가해자는 이 시각까지 입을 열지 않고…

그믐날 밤이었습니다. 서민이 서민을 죽인다는군요. 우리는 분당 짬뽕24시 집에서 고담준론을 하고 있었습니다. 토마 피케티의 『자본과 이데올로기』를 읽고 누진세로 양극화를 줄이는 것에 관한. 더 아름다운 서민 세상을 위한 것이었습니다. 그래도 서민은 서민을 죽인다는군요.

밖에는 눈과 비가 섞여 사이좋게 내리고 있었습니다. 우리는 갑론을박하며 짬뽕 국물에 배갈을 들이켰습니다. 시원하고 칼칼해서 토론을 북돋웠습니다. 진눈깨비는 쌓이지 않아 길 걱정은 하지 않아도 됩니다. 그런데 서민은 서민을 죽인다는군요.

마감뉴스가 끝난 지 오래되었는데 토론은 그칠 줄 몰랐습니다. 그 말이 그 말 같은데 서로 주장을 굽히지 않습니다. 배가 산으로 가고 있었던 것입니다. 하마터면 누군가 감정을 터뜨릴 뻔했습니다. 뉴스 때문인지, 기압이 낮아서인지 사람들은 잘 참았습니다. 그러나 서민이 서민을 죽인다는군요.

귀갓길은 도로와 가로수가 젖어 운치가 있었습니다. 잘 들어갔느냐는 말로 단톡방이 불났습니다. 택시 앞좌석에 앉았던 나는 누군가 몽키스패너로 내 뒤통수를 가격할 것만 같아 '서민이 서민을 죽인다는군요'를 올렸다가 지웠습니다. 무사히 집에 들어왔지만 짬뽕집에서의 열띤 토론 내용은 새까맣게 잊었습니다. 서민이 서민을 죽인다는군요. 정말 서민은 서민만을 죽인다는군요.

솔밭에서

뒤껼으로 난 좁은 길 끝에 있는 솔밭에는 별이 보이지 않 았습니다 백구를 걷어차고 뛰어들었던 별빛 흐드러졌던 그 날 밤도 솔밭은 어두컴컴하였습니다 별빛 헤아리다 소나무 에 기대어 잠이 들었습니다

박정희 개새끼라고 욕하는 아버지 입 틀어막으려다 어머 니는 봉변을 당하였습니다 아버지 손에 왼쪽 귀를 맞고 쓰 러졌습니다 소리가 컸는데도 비명소리는 날카롭지 않았습 니다 모두 숨죽이고 있을 때 중학생 형이 불쑥 일어섰습니 다 술 냄새 풀풀 나는 아버지에게 울부짖으며 맞섰습니다 머리라도 들이받을 기세였습니다 그때 방바닥에 주저앉아 있던 어머니가 어디에서 그런 힘이 솟았는지 형 뺨을 세차 게 갈겼습니다

형 코에서 아버지가 닭 모가지를 부엌칼로 내리쳤을 때 치솟던 붉은 액체가 주르륵 흘러내렸습니다 형은 한동안 멍하니 서 있었습니다 그러다 눈을 아래로 깔고 두 손으로 코피를 훔쳐 자신의 얼굴에 문질렀습니다 어머니는 겁에 질린 듯 뒷걸음질쳤습니다 누이와 나는 문 앞에 무릎 꿇고 앉아서 참았던 울음을 터뜨렸습니다 형은 우리를 향해 개

새끼라고 소리지르며 피 묻은 손으로 나와 누이의 등짝을
후려갈기고는 밖으로 뛰쳐나갔습니다

　어머니는 누비이불을 가져다 아버지 얼굴을 가렸습니다
박정희 개새끼 소리는 한결 작게 들렸습니다 그때서야 어
머니는 가늘게 흐느끼기 시작하였습니다 울음소리에 형이
흘린 코피에서 나는 것과 같은 비린내가 배어 있었습니다
나는 잔뜩 겁을 먹었습니다 어머니가 내 목을 비틀 것만 같
았습니다 나는 온 힘을 다해 기어서 문지방을 넘어 대청마
루로 나왔습니다 댓돌 위 신발을 신자마자 안도의 한숨을
쉬었습니다 마루 아래서 숨죽이고 있던 흰둥이에게 개새끼
라고 욕하고 두어 번 발길질을 하였습니다

　그때 뛰어들었던 솔밭은 더욱 우거져 푸르릅니다 별빛은
비치지 않고 어두컴컴합니다 수북이 쌓인 솔잎 위에서 예
전처럼 잠들지 못합니다

수평적 폭력

회 뜨러 수산시장에 가서
뒤엉켜 있는 꽃게들을 보고
눈길을 멈춘다

붉은 고무통 안 꽃게들은
왜 거기에 있는지도 모르고
혈투를 벌이느라 여념이 없다

집게다리가 잘리고
등이 뒤집혀 있어도
눈 하나 꿈쩍하지 않는다

제 고향 서해 푸른 바다를
꿈꾸어서는 안 된다는 듯
서로를 끌어내리느라 바쁘다

내 눈길이 내게 묻는다
너는 저들과 뭐가 다르냐고
너희가 저 꽃게들 아니냐고

저녁놀

지방 출장 가는데
초등학교 친구에게서
보험 들어달라는 전화가 왔다
동창회에서 얼굴 몇 번 본
눈이 큰 단발머리였다
핸들 꺾어 갓길에 주차해놓고
미끄러지고 있는 해를
넋을 잃고 바라보았다
보험 때문이 아니라
해 질 무렵이면 어지럽고 울렁거려,
사는 게 이런 건지, 하고
단발머리가 한 말 때문이었다
내가 나에게 하고 싶은 말이
아니었던가
어지럽고 울렁거리는 저녁놀이
내게로 스러지고 있었다

복수에 대하여

내가 알고 있는 복수와
전혀 다른 복수가 있다는 걸
봄볕 아래에서 읽는
사건 기사가 알려준다.

40대 남성이 소음 문제로
자신의 다세대주택 위층에 사는
동년배 남성을 부엌칼로 찔러
중태에 빠뜨렸다.
그는 그 자리에서
경찰에 신고하라고 울부짖으며
자신의 배도 찔렀다.

40대 남성은 누구에게
복수의 칼날을 겨눈 것일까.
혹 자기 자신은 아닐까.
피해자에게서 가장 혐오하는
자신의 어떤 모습을
본 것은 아닐까.

사건 기사 하나가
복수 아닌 복수를
봄볕처럼 내리꽂는다.
이렇게 따가운 봄볕을
쮠 적이 있던가.

라디오 노인

파지 줍던 노인이 지하 셋방에서 변사체로 발견되었다
는데요. 아, 글쎄 머리맡에서 라디오 소리가 흘러나오고 있
었다는 거예요. 혹시 우리 코너 애청자 아니었을까요? 이
웃들은 할아버지가 외톨이였다고 입을 모았다지요. 친구
빚보증 잘못 서는 바람에 가족들이 뿔뿔이 흩어져 홀로 지
낸 지 오래되었다고 해요. 집주인은 할아버지를 실어증 환
자로 보고 있었어요. 월세 계약 했을 때 말고는 말하는 것
을 본 적이 없다는군요. 고물상 사장님도 할아버지가 고개
를 끄덕이거나 가로젓는 것으로 의사표시를 했다고 말했답
니다. 어떻게 오랜 세월 동안 말 한마디 하지 않고 살 수 있
었을까요? 인간이 말을 하지 않으면 목구멍에 거미줄 쳐요.
말을 잃게 된다는 학계의 보고도 있답니다. 할아버지의 명
복을 빕니다. 좋은 데 가셔서 사람들과 그동안 하지 못했던
말 실컷 나누시기 바랍니다.

바빌론 강가에서

보니 엠의 〈바빌론 강가에서〉를 틀어놓고 팬츠만 걸친 채 강독에서 밤새 춤추었던 사춘기 시절에는 정작 가사를 알지 못했다, 그 자유인지 방종인지가 그리워 유튜브 통해 들으니 시편 137장, 장인어른이 신혼 때 사준 먼지 날리는 성경을 펼쳐들고 그 장을 읽는다, 내가 왜 미친 듯이 그 노 랠 들으며 이 지상에서 벗어나고자 했는지 알 듯하다고 느 끼는 순간, 노래 영상에 달린 댓글로 눈이 빨려들어간다,

그때의 노예와 지금의 노예는 달라요. 지금의 노예는 자 기들끼리 싸우니까요. 영락없는 닭장 속 닭들입니다. 서로 물어뜯다 등에 칼 꽂는. 닭장을 만든 수직적 폭력에 대해서 는 눈 감고요. 이런 잔인한 비극이 어디 있을까요? 왜 우리 는 우리를 못 잡아먹어서 안달일까요?

흑인 보컬을 따라 〈바빌론 강가〉에서를 부른다, 나도 모 르게 내 멋대로 읊조린다, 우리는 비상을 생각하며 눈물을 흘린답니다, 닭장 안에 우린 앉아 있죠, 우리가 만든 운명을 저주하며 눈물을 흘린답니다, 날갯죽지 꺾인 채 비상을, 피 투성이인 채 비상을, 빌어먹을 놈의 비상을!

새벽 전화

선녀가, 우리 선녀가 날아가버렸어. 성제 놈 알지? 그 새끼랑 야반도주했어. 이 연놈을 잡으면 홀딱 벗겨서 마을회관 앞에다 묶어놓고 일 년 내내 침 뱉고 다닐 거야. 오죽하면 이 새벽에 전화를 다 걸겠니? 네가 신문기자니까 연놈 사진 대문짝만하게 실어줘라. 얼굴 못 들고 다니게. 이것들 잡아줘라. 제발! 아니다, 관둬라. 너는 웃대가리들 조지느라 바쁘지. 선녀가 애 갖자고 했을 때 말 들었어야 했는데. 그때 애 낳았으면 도망치지 않았을 텐데. 딸기 농사짓는다고 농협에 빚 잔뜩 져서 그것 갚고 나서 애 갖자고 한 게 죄라면 죄다. 도시를 하늘로 아는 선녀를 위해 대전에서 다시 푸드트럭 하고 싶었지만 순사 공포증 때문에 말았지. 이개보다 못한 년. 하늘에서 내려온 년이 아니라 지옥에서 온 년이다! 개새끼. 지나 나나 따라지 인생인데 왜 나에게 복수하냐고. 왜 나에게 고춧가루 뿌리고 지랄이냐고. 지 힘들 때 막걸리 사들고 찾아가서 위로도 해줬는데. 이게 뭐냐고. 아, 씨팔! 날아간 선녀 년 잡아온들 뭔 소용이 있겠냐. 이름이 지 년 성미처럼 예뻐서 좋아했는데. 진즉에 지녀로 바꿨어야 하는데. 땅 지 자 썼으면 하늘로 올라간다고 염병 안 떨었을 텐데. 인생이 좆 같은 게 아니라 인간이 좆 같다. 나처럼 지지리도 못난 새끼들이…

서민적 사랑

수박 한 통과 토마토주스 한 케이스를 양손에 들고 찾아온 주방이모에게 어머니는 또 핀잔을 한다. 돈도 없을 텐데 그냥 오지가 아니라 왜 두 가지씩이나 사왔느냐는 것이다. 어머니가 삼계탕으로 대전 고속버스터미널 옆에서 생계를 꾸려갔을 때 주방에서 일했던 방씨 성 가진 이모는 혀를 쏙 내밀고 만다. 이것아, 네가 손이 커서 그렇게 혼났는데 아직도 정신 못 차린 게야. 네 맘에 드는 손님이 오면 인삼 뿌리 하나씩 더 넣은 걸 내 모를 줄 아나? 터미널 배차과장 거 이름이 뭐더라. 박 아무개 오면 두 개 더 넣은 것도 내 기억하고 있다. 그러면 이모는 또 혀를 빼고 넣을 줄 모른다. 그 사이 어머니는 주스를 냉장고에 집어넣고 수박을 자른다. 두 사람은 수박을 소리내어 먹으면서 사람들 이야기로 시간가는 줄 모른다. 지난 시절의 삼계탕집이 그대로 옮겨와 성업 중이다. 어머니가 토마토주스를 꺼내오자 이모는 어차피 마실 거면서 왜 타박했느냐고 거꾸로 어머니에게 잔소리한다. 그 말이 떨어지기 무섭게 두 사람은 배꼽을 쥐고 웃는다. 그들만의 세계를 알다가도 몰라 나도 따라서 웃는다.

그녀는 웃고 나는 울고

이렇게도 사랑이 괴로울 줄 알았다면, 팔순의 할머니가 동네 잔칫집에서 윤수일의 노래를 부른다, 차라리 당신만을 만나지나 말 것을, 두 해 전에 죽은 영감을 떠올리는 것인지 첫사랑을 떠올리는 것인지, 이제 와서 후회해도 소용없는 일이지만, 눈물 흘리거나 목소리 떨지 않고, 그 시절 그 추억이 또다시 온다 해도, 어쩜 저렇게 평상심을 유지할까, 사랑만은 않겠어요, 노래 끝나고 할머니는 객쩍게 웃고 나는 소리 없이 울고

공장

공장 들어가는 게 꿈이었던 시절이 있었지. 두 번 다시 오지 않겠지만 공장에서 일을 했었지. 한 반이었던 또래 여공과 쉽게 정이 들었지. 잔업이 없는 날에는 공장 앞 구멍가게에서 소주를 나눠마셨지. 은행나무 잎들이 떨어져 공장을 마구 뒤덮었던 날에도 우리는 소주를 들이켰지. 그 아이 얼굴이 빨개지고 눈빛이 촉촉해졌을 때 서둘러 술잔을 거두었지. 자취방으로 가는 골목길에서 숨이 가빠 멈춰 섰지. 여공의 사랑 고백을 본능적으로 막은 나 자신에게 소스라치게 놀라서였지. 꿈이었던 공장에 들어가 내가 느꼈던 건 뼈아프게도 그뿐이었지. 꿈 많았던 젊은 시절에 공장에서 일을 했었지.

싸움

내 주먹에 맞아 코피 터진 놈은
논바닥에 주저앉아 울었고
나는 논두렁에 등 돌리고 앉아
친구를 힐끔힐끔 뒤돌아보았다
시간이 흐르면서 뒤바뀌어
친구가 나를 곁눈질했고
나는 논바닥을 향해 고개 숙였다

초등학교 운동장에서
싸움 붙었을 때는 놈에게 맞아
코피 흘리며 데굴데굴 굴렀다
친구는 미끄럼틀에 걸터앉아
나를 훔쳐보듯 바라보았다
해가 질 무렵 뒤바뀌어
내가 친구를 슬며시 뒤돌아보았고
친구는 철바닥에 누워 있었다

이기는 게 부끄럽고 두려워
진 놈보다 더 깊게 울었던
오지 않을 내 유년의 싸움

봄은 그 자리다

누군가를 기다리는 봄은
길기만 하여라

꽃들이 진 자리에
잎사귀들이 부적처럼 매달리고
봄은 그 자리다

어쩌면 봄이 지나 여름인지 모른다
가을인지 겨울인지도

누군가 봄은 다시 오고
그 봄에 아무 일 없었다는 듯이
돌아온다고 했으므로
발 딛고 서 있는 곳은 봄 그 자리다

잎사귀를 입에 물고
한 발짝도 움직이지 않고 서서
누군가를 기다린다

모든 게 멈춰선 봄은
길기만 하여라

진통제

아들이 갑자기 배 움켜쥐고
침대에서 데굴데굴 구른다
진통제를 먹이자
신기하게도 허리를 편다
아프다는 건 고통이고
고통은 통증에서 오는 것임을
이 나이 먹도록 몰랐다

약의 근본이 진통에 있듯이
삶의 근본도 진통에 있으리라

연암이 아팠을 때 친구들 불러
술과 음식을 먹이며
그들의 이야기 들었다는데
그게 진통제 아니었을까

누워 있는 아들에게
이야기를 들려줄 차례다
세상에서 가장 재밌는 이야기?
세상에서 가장 슬픈 이야기?

아니다, 어제 우리 회사에서
사소한 일로 크게 다툰
사람들 이야기하는 게 좋겠다

아들에게 진통제 한 알 먹이느라
무려 한 시간이나 걸렸지만
우리는 통증을 까맣게 잊었다

3부

죽은 혁명의 사회

안면도에서

우리는 바다로 쉬 못갑니다
다시 꽃지에 서서 수평선 바라보지만
우리는 바다에 가 닿을 수 없습니다

우리가 젊었을 때 완행버스 타고
여기에 와서 바다를 애원했지만
날이 밝자 서울로 되돌아갔습니다

그때나 지금이나 바다는 그대롭니다
우리도 변함이 없습니다
발 닿으면 꽃지 모래가 푹푹 꺼지듯
우리도 사소한 일로 무너질 뿐입니다

우리는 바다에 쉬 못 갑니다
뭍이 섬을 놓아주지 않는 것처럼
우리도 우리를 붙들고 있습니다

완패

내가 세 들어 있는 건물 수위
김만덕 아저씨가 사표를 냈다
텃밭에서 뜯어온 적상추를
내게 자주 내밀곤 했기에
서운해서 막걸리를 마셨다
마음을 돌리라는 내 말에
그는 폭탄선언을 한다
윗놈이 100만 원 해먹음서
나는 10만 원만 주드만
눈이 휘둥그레진 나는 두 놈 다
나쁜 놈들이네요 하고 욕한다
아저씨는 손사래치며
생기는 게 없으면 뭔 맛이래
거꾸로 나를 설득한다
임의롭게 몇 년을 지낸 터라
나도 폭탄선언을 한다
아랫것들도 썩었어요
아저씨는 능글맞게 웃는다
윗물이 맑아야 아랫물도 맑은거
그날 밤 세 병씩 마셨지만

나는 아저씨를 붙잡지 못했다
윗물이 맑아야 아랫물도 맑다는
그의 고집도 꺾지 못했다
2패지만 숙취처럼 가시지 않는
그 무언가도 있어
3패라는 걸 뒤늦게 알아차렸다

나의 강강술래

들판 한가운데 묘지에서
남녀 또래들 속에 끼어
음악 따라 밤새 춤을 추었다
걸핏하면 주먹다짐을 했던
원수 같은 맞수도 있었고
나에게 눈웃음치던
옆 동네 여자아이도 있었다
우리는 각자 몸을 흔들다가
어깨동무를 한 채
원을 그리며 춤을 추었다
흩어졌다 뭉쳤다
숱하게 반복했을 때
해가 솟아오르기 시작했고
우리는 약속이라도 한 듯
묘지에 대 자로 누웠다
커다란 무덤 속 뼈들이
우리를 지하로 끌고 간다 해도
누구든 개의치 않을 것이었다
나는 그들에게서
이상하게도 나를 느꼈다

내 나이 몇 살 때 일인지는
알 필요 없을 것이다
그 단 한 번의 느낌으로
눈을 조금이라도 감으면
여전히 강강술래하고 있으니

어느 가을날의 편지

규야,

제법 굵은 비가 추적거렸다. 네 반지하 셋방에 가기 위해 나섰다가 버스 정거장에서 갑자기 생각이 바뀌어 발길을 돌렸다. 거센 바람에 우산이 꺾여 비와 마주쳤다. 맨살에 소름이 돋았고 입술이 새파래졌다. 정신없이 걷다보니 어느새 우리 집을 지나치고 있었다.

소식 끊은 너를 찾지 않은 건 잘한 일이다. 너는 습관처럼 모바일 번호를 바꾸었다. 누군가 네 주소를 알려줬지만 버스 정거장에서 지웠다. 너를 만난다고 해서 달라지는 것은 없다. 너의 신용불량과 잦은 모바일 번호 변경, 이혼에 변화가 있을 수 있겠니? 너는 너의 불행을 시대에서 찾았다. 나는 한사코 그게 아니라고 부정했지만 긍정했던 게 틀림없다. 너와 숱한 나날 술 마신 게 증거가 아니고 무엇이냐.

네 원망의 대상은 시대에서 주변인들로 어느 순간 바뀌어 있었다. 너의 단절은 그때부터 예견돼 있었던 게 아닐까. 내가 너를 만나면 침묵하곤 했는데 시점이 아마 그때일 것이다. 너를 찾지 않기로 결심한 한 원인이기도 할 것이다. 추위가 가시기 시작했던 입춘 무렵이었지. 순대국집에서 소주 몇 잔 걸쳤을 때 너는 주변 사람들을 비난하기 시작했다. 나에 대한 비난이기도 했다. 나는 잠자코 네 얼굴을 바라보기만 했었다.

과거에서 빠져나와야 우리는 산다, 평범한 사람으로. 무슨 일이든 하자, 그게 독립적으로 사는 길이다, 나를 사랑하는 길이다, 사람과 세상에 연결되는 길이다, 그것이 복수지 우리끼리 싸우는 게 복수가 아니다. 어느 날 참다못해 내가 목소리 높였을 때 너는 감전된 사람처럼 미동조차 하지 않았다. 너와 나 사이에는 소주만 있었다. 그날 만취해서 어떻게 집으로 돌아왔는지 기억이 없다. 너에게 내뱉은 말들을 잊고 싶어서 취한 것인지 모른다.

내가 그날 너에게 너는 아프고 싶어서 아픈 거라고 했던 말 기억하지? 그 말은 나에게 한 말이기도 하다. 나는 곧잘 슬픔에 잠기는데 어느 날 생각해보니 내가 슬프고 싶어서 슬퍼하는 것이더라. 남에 대한 원망의 일종이 아닐까? 우리는 원망을 자양분삼아 살아가는 존재가 아닐까? 우리와 처지가 같은 사람들을 괴롭히면서 안도하는.

쓰다보니 길어졌다. 내가 평안해지기 위해서 편지를 쓴
건 아닌가 하는 생각이 든다. 이 편지는 당분간 부치지 않
을 것이다. 네가 잘살고 있다는 소식을 접하면 보낼 것이다.
너는 내내 안녕하여야 한다.

섞어찌개

　제사 지내고 하루나 이틀 지나 부침개와 파무침, 고사리
나물, 닭고기 따위 넣고 끓인 찌개가 생각나 먹다 남은 음식
으로 섞어찌개를 끓였으나 그때 그 맛이 나지 않는다 텁텁
하지 않은데도 숟가락을 슬그머니 뺀다 입맛을 다시며 무
엇 때문일까 골똘히 생각할수록 더욱 허전해서 식탁에서
일어서는 순간 외할머니와 큰이모, 막내이모, 아랫집 루시
아 누나, 어머니, 아버지, 형, 누나가 옹기종기 모여 있고 백
구 두 마리가 눈이 뚫어지도록 마루를 올려다보던 때가 어
제 일처럼 스친다 섞어찌개는 내 입맛 너머에 있는 아, 도
저히 가 닿을 수 없는 맛이구나 붙잡으려고 발버둥쳐도 잡
을 수 없는 봄날 아지랑이 같은 맛

죽은 혁명의 사회

이십대인 딸과 아들은
결혼하게 되더라도
애 낳지 않겠다고 합창한다

하는 말이겠거니 하지만
내가 저 나이 때
습관처럼 내뱉은
세상을 변화시키겠다는 말을
단물 빠진 껌으로 만든다

아이들은 줄곧 유쾌해
다행이다 싶다가도
불현듯 그 속에
내가 모르는 시대가
숨겨져 있다는 생각이 든다

나는 안다
죽었다 깨어나도
아이들 노래에 발맞춰
춤출 수 없다는 것을

아이들이 애 낳지 않겠다고
담담하게 합창할 때마다
나는 거꾸로 처박혀
어딘가에서 웃고 있는
혁명을 떠올린다

막춤

초등학교 상급반 때 독재자였던
동네 중학생 형 강압에 못이겨
콩쿠르 대회에 참가한 나는
노래 부르다 온몸을 흔들고 말았다
내 막춤에 청중은 자지러졌지만
무대에 같이 오른 독재자만
얼굴 굳어져서 노래를 부르지 못했다
자신 뒤에서 후렴구나 부르며
백댄서 해야 할 내가 주인공처럼구니
얼마나 속이 뒤틀렸을까
독재자는 곧바로 무대 뒤에서
나에게 주먹을 휘두르는 것으로
즉결 심판을 했는데
코피가 터져 주르륵 흘러내렸다
그런데 나는 여느 때와 달리
훌쩍거리거나 무릎을 꿇지 않았다
어디서 용기가 났는지
두 손으로 코피를 비벼 내 얼굴에
잔뜩 문지르기까지 하였다
어린 우리들 사이에서는 상대 얼굴에

자신의 코피를 문지르면
끝까지 싸우겠다는 뜻이었기에
내 얼굴에 그렇게 한 것도
항전의 의지로 읽혔을 것이다
어찌된 일인지 독재자는 주춤하더니
얼굴을 무대 쪽으로 돌렸다
그때 나는 나의 막춤에
신비한 힘이 있다고 느꼈으나
갑자기 돌변해서 왜 춤추었는지는
전혀 알지 못하였다
여전히 알지 못해
몸을 조금이라도 흔들면
지난 일이 어제처럼 떠오르는 것이다

민들레 꽃씨

민들레 꽃씨가 흩날릴 때마다
칼국수를 먹으러 간다

동네 모퉁이 지붕 낮은 집
칼국수는 맛이 있다
면발도 도톰하다

입안에 잔뜩 넣고
조금만 오물거리고 나면
허망해진다

채워졌다 금세 사라지는 것은
비어 있는 것보다 못하다

뒤뜰 디딤돌을 짓누르며
집으로 돌아오면서
다시는 오지 않겠다고
다짐하지만
어쩌겠는가

민들레 꽃씨가 어지럽게
눈앞에 떠다니는데

박하사탕

내 글에 댓글을 달던
반백의 아저씨가 보이지 않는다.
앞뒤 맞지 않는 주장을 늘어놓거나
욕을 내뱉기 일쑤였던 그가
막상 안 보이니 궁금해진다.
어느 순간부터 사랑 타령을 해
웃음을 주기도 했는데
그는 왜 갑자기 사라진 것일까.
온라인에서의 만남이 그렇듯
그와 나는 죽음처럼 절연되었지만
사실 그의 엉터리 글들을
어떤 미끈한 글보다 더 기다렸다.
거친 그 암호문은
새의 울음소리일지 모른다고
이따금씩 생각했었다.
내가 어렸을 적 마을 고샅에서
혹부리영감이 자주 내질렀던
울음 섞인 소리처럼.
그 영감이 내게 박하사탕 하나
불쑥 손에 쥐여주고 사라졌을 때

새가 토해낸 것이라고 믿었었다.
박하사탕을 찾는다.
혹부리영감처럼
늙수그레한 아저씨는 분명 내게
박하사탕 하나 건넸을 것이다.

임금님은 악귀

이발사는 임금님 머리 깎으러 입궐할 때마다 비릿한 냄새를 맡았습니다. 생선이나 소고기를 굽는 줄 알았습니다. 그런데 뭔가 달랐습니다. 말로 표현할 수 없는 냄새가 스쳤는데 여간 거북스러운 게 아니었습니다. 집에 오면 소금물로 입을 헹궈야 했습니다.

임금님 머리를 다 깎고 퇴궐을 서두르고 있던 어느 날 냄새가 유난히 고약했습니다. 냄새나는 쪽으로 고개를 돌려 코를 벌름거리고 있는 찰나 호위병이 뛰어들어 이발사의 어깻죽지를 내리쳤습니다. 이발사는 그 자리에서 혼절하고 말았습니다. 한참 뒤 눈을 떴을 때 그는 궁궐에서 멀리 떨어진 대나무숲에 벌렁 누워 있는 자신을 발견했습니다. 무서워서 벌벌 떨었지만 살아 있는 것만으로도 위안이 되었습니다. 몸에 생기가 돌자 궁궐 안 냄새가 진동하기 시작했습니다. 섬광처럼 무언가 번뜩였습니다. 임금의 남동생과 높은 지위의 신하 몇이 갑작스럽게 죽어나간 것이 역겨운 냄새와 연관돼 있다는 걸 느꼈습니다. 입바른소리하다 감쪽같이 사라진 고을 사람들도 역겨운 냄새와 관련 있을 것이었습니다. 집으로 돌아온 이발사는 하루가 멀다 하고 쇠약해져 갔습니다.

고을에서는 임금님이 하사한 보리쌀을 갈아 쑥을 넣고 떡을 만드느라 분주하였습니다. 가족이 옹기종기 모여 앉아 보리쑥떡을 먹으며 입술이 닳도록 임금님을 칭송하였습니다. 어진 임금님 덕에 배부르게 잘 먹고 잘산다며 눈물까지 흘리는 이들도 있었습니다. 이발사는 이웃들의 모습을 보고 더욱 몸이 아파왔습니다. 가만히 있으면 얼마 못 가 죽을지도 모를 일이었습니다. 사실을 누군가에게 말하면 살 것 같았습니다. 하지만 말을 뱉는 순간 살이 찢긴 채 불에 태워질 게 뻔해 말문을 열 수 없었습니다. 남편을 극진하게 간호하던 아내가 갑자기 무릎을 치더니 누워 있는 이발사에게 다가와 귓속말을 했습니다. "대나무숲에서 큰소리로 임금님은 악귀라고 말하면 새나가지 않아요." 이발사는 자리에서 벌떡 일어나 그 길로 대나무숲으로 갔습니다.

　임금님은 악귀랍니다. 걸핏하면 사람을 죽인답니다. 사람들을 불에 태워 죽인답니다. 무슨 말만 하면 잡아가다 입을 인두로 지져 죽인답니다. 임금님은 당당하게 사람을 죽인답니다. 당당한 악귀랍니다. 당당 악귀랍니다. 당 귀랍니다…

대나무숲의 소리가 마을에 어지럽게 메아리쳤습니다. 이
발사가 내지른 말은 임금님 귀는 당나귀 귀가 되어 마을 사
람들이 입에 달고 살았습니다. 말이 곧이곧대로 전달되지
않아 이발사는 무사했지만 사람들은 무엇을 뜻하는지 알아
차렸습니다. 남녀노소 할 것 없이 어찌나 즐겁게 읊조리는
지 임금님 귀는 당나귀 귀는 마을 사람들의 노래가 되었습
니다.

궁평항에서

농어 한 점 입에 넣으려다
소주잔에 떨어뜨렸다
농어를 건져 먹을까,
시원한 소주만 들이켤까,
망설이다 와사비를 찍어먹는다
순간, 농어와 소주가
와사비가 되어 맵디맵다
대저 무엇이 중심이고
가장자리인가
납빛 구름 낮게 깔린 날
궁평 앞바다 가장자리에는
가장자리가 없다

사다리

올라가지 못할 나무는
쳐다보지도 말 거라
중 3학년 담임선생님 훈시에
사다리 놓고 올라가면 된다는
나의 혼잣말이
교실을 웃음바다로 만들었다
순간 덩치 크고
목소리 굵은 선생님 얼굴이
붉으락푸르락하였다
웃음을 멈춘 아이들은
일제히 나를 바라보았다
솥뚜껑 같은 선생님의 손이
내 뺨을 내리칠 것이라는
조건반사적 행동이었지만
보기 좋게 빗나가고 말았다
선생님이 평소의 그답지 않게
나에게 벌로 노래를 시켰다
나는 교단으로 나가 춤까지 추며
노래를 불러젖혔다
사다리를 나무에 걸쳐놓고

하늘에 맞닿아 있는
꼭대기까지 오른 것이었다
내 기억으로는 그 짧은 시간에
아이들과 선생님 할 것 없이
모두 하늘까지 올랐다
그때 그 사다리는 무엇이었을까
나에게 그 사다리가 있을까
우리에게 그 사다리가 있을까

김순복 씨네 채소는 묵직해

농산물장터에 가면
아내는 로컬푸드 코너에서
생산자 김순복을 찾는다
쑥갓과 적상추 봉지를 들고서
김순복 씨네 채소는 묵직해하며
내가 끄는 수레에 담는다
아내 뒤꽁무니를 따라가며
나는 김순복 씨를 찾는다
눈이 그윽할 것이고
눈빛도 따스할 거야
밭에서 자라는 채소를
늘 쓰다듬어줄 거야
아마도 그녀는 소녀처럼
단발머리일 거야, 하는 순간
아내가 빨리 와욧! 한다
딴전 피우다 들킨 소년이 되어
걸음을 재촉하지만
계속 그녀를 뒤쫓는다
마음에 봉선화물 짙게
물들어 있을 거야

전집에서

전철역 뒷골목 전집에서
막걸리를 마신다
술이 들어가지 않아
잔만 들었다놨다 하는 사이
친구들은 거나하게 취해간다
그들의 말을 알아들을 수 없다
모두 맥락 없는 조각들이다
이유 없이 목소리 높이고
큰소리로 웃는다
하나같이 미친놈들 같다
말을 잃은 나머지
전집 천장을 올려다보다
나도 모르게 피식 웃고 만다
나도 저랬을 테니까
잡음의 강물 위에 올라앉아
나도 무슨 암호인가를 송출해놓고
만족해했을 테니까
나는 오늘 편하게 귀가하지
못할 것이다

공갈빵

"당신이 영웅인 줄 알았어요."

"또…"

"술 취해 밤 늦게 들어와서 토할 때 알아봤어야 하는 건데."

"딱 한 번 했는데."

"혁명가를 유행가처럼 불렀던 당신이 달라지는 걸 보고 얼마나 낯설었는지."

"…"

"당신을 영웅으로 알고 산 내가 미쳤지."

"당신은 나에 대한 원망이 지나쳐."

"가정적인 사람이 된 건 인정해요."

"그럼 됐지. 뭘 더 바라냐고. 부탁인데 영웅이란 말은 입에 담지 말라고,"

"웃기게도, 변한 당신 모습 보니 슬퍼지더라고요. 세상을 손바닥 손금 내려다보듯 바라보던 당신은 나의 산이었는데."

"뭘 말하려는 건지 당최 이해가 안 되네."

"당신이 해준 파스타 먹으며 속으로 울었어요. 시민, 시민 하는데 풀 죽어 있는 당신이 딱하더라고요."

"…"

"당신은 푹 꺼진 산이에요! 언젠가 우리가 중국인거리에
서 사먹었던 공갈빵."

"…"

4부

희망은 과거에서 온다

유년의 접시꽃

방에 누워 있었어도
고샅 발걸음 소리가 누구 것인지
훤히 꿰고 있었지

땅이 쿵쿵거리면
이장 도맡았던 쌀집 아저씨
터덜터덜 빈소리 요란하면
술주정뱅이 자전거포 아저씨
사뿐사뿐 새색시처럼 지나치면
감나무집 할아버지
침묵 속에서 문득 소리를 내면
장돌뱅이 우리 엄마

엄마 발걸음 소리 기다리다
다른 사람 발걸음 소리도
두근거리며 담았던
흙벽돌집 유년의 귀는
활짝 핀 접시꽃이었지

죽음의 축제

할아버지 장례식 때
동네 아저씨가 춘 해괴망측한 춤이
몇십 년 만에 떠오를 줄 몰랐다
술자리에서 나 죽으면
춤춰달라고 객기부린 것인데
줄기 따라 고구마 끌려나오듯
그때의 춤이 달려나왔다
맨 끝 집에 살았던 아저씨는
울음바다인 우리 집 툇마루에서
삼베옷 입고 난데없이 춤을 추었다
곱사춤으로 분위기 달구고
원숭이 몸짓춤으로 넘어가자
상주인 아버지를 시작으로
친척들이 웃음을 터뜨렸다
아저씨는 때를 놓치지 않고
개들이 교미하는 듯한 춤을 추어
문상객들이 배꼽 쥐고 웃었다
너도 나도 추임새 넣는 바람에
장례식은 축제의 장이 되었다
어머니 따라 울고 있었던 나는

왠지 모를 두려움에 떨었고
그 기괴한 춤을 이내 잊었다
그런데 나는 왜 친구들에게 불쑥
나 죽으면 춤춰달란 말을 했을까
나를 짓누르는 무게 아래에서
아저씨의 춤이 꿈틀거리고
있어서가 아니었을까
죽음과 붙어 있는 이쪽의 삶을
움켜쥐고 싶어서가 아니었을까
아저씨의 그때 그 춤을
단 한 번만이라도 좋으니
온몸 비틀며 정신없이 추고 싶다

거짓말을 함박눈처럼 포근하게

외할머니는 구술하고 초등학교 졸업반인 손자는 받아적습니다. 중동에 일하러 간 외삼촌에게 보내는 편지입니다. 할머니는 안부를 물으며 목이 메기 시작합니다. 눈물을 훔치고 나서 손자에게 자신이 운다는 말은 쓰지 말라고 당부합니다.

외할머니는 외삼촌이 보내준 돈으로 고기반찬에 쌀밥을 먹고 있다고 말합니다. 털옷도 사 입어서 겨울을 따뜻하게 잘 보내고 있다고 의기양양하게 말을 이어갑니다. 그 말을 그대로 옮겨 적으며 손자의 눈이 젖습니다. 천연덕스러운 거짓말이 슬퍼섭니다.

외삼촌이 사막으로 간 지난 2년여 세월을 뒤돌아보며 외할머니는 복받쳐선지 두 손으로 얼굴을 가리고 소리내 웁니다. 방바닥에 배 깔고 엎드려 다음 말을 기다리는 손자에게 할머니는 자신의 모습을 써서는 안 된다고 손을 저어가며 신신당부합니다. 고개를 끄덕인 손자는 울음을 참으려고 안간힘씁니다.

외할머니는 홀가분한 표정으로 마무리는 알아서 하라고

말하고는 부엌으로 갑니다. 편지 대필한 손자에게 동치미에 국수를 말아주려는 것입니다. 손자는 뻔한 마무리 끝에 별 하나 그리고 할머니는 울지 않았다고 씁니다. 순간 눈물이 왈칵 쏟아집니다. 눈물방울 속에서 열세 살의 소년은 거짓말을 함박눈처럼 포근하게 안아야 했습니다.

희망은 과거에서 온다*

성현이가 옳았다
차 부품공장에 다녔던 성현이는
노동법 야학수업 빼먹고
자주 나이트클럽에 갔다
소주잔 기울이며
착취가 어떻고 노동해방이 저떻고
떠들던 어느 날
성현이는 딱 한마디 했다
춤춰야 견디는디유
퇴폐에 물든 날라리라고 했지만
성현이는 야학교를 졸업했고
노조 설립 신고서에 이름을 올렸다
시간이 흘러
신문사 노조위원장이 된 나는
자주 노래방에서 몸을 흔들며
성현이에게 뒤늦은 고백을 한다
너의 엉터리 선생이었던 나도
춤춰야 견디는구나

*고 김진영 선생의 발터 벤야민 강의록을 정리해 출간한 책 제목.

내 친구 원효
─ 땔감장수의 노래

내 친구 설사례는 탁배기 한 잔에 덩실덩실 춤을 추고는 어쩌다 옷깃을 스친 여인이 그립다고 하였소. 복사꽃처럼 흩날리는 그 여인을 한번만이라도 보면 좋겠다고 하였소. 잊으려고 할수록 잊히지 않는 그녀의 젖무덤에 얼굴을 묻고 싶다고 하였소. 굴레에서 오는 회한 때문인지 눈가에 이슬이 맺혀 있었소. 춤사위가 격렬해진 건 그 때문이오.

내가 주저하지 말고 찾아가라고 하였소. 보고 싶은 여인과 만나지 않는 게 무슨 불도냐고 따져 물었소. 사랑하는 여인과 포옹하지 않는 게 무슨 진리냐고 질타하였소. 저잣거리의 사랑은 몸과 정신이 하나요. 그것이 삶의 아름다움이오. 새것을 돋아나게 해 우리가 우주만물의 일원임을 확인하는 것이오. 그런데 무엇이 두렵냐고 채근하였소.

설사례는 내 말에 말없이 고개를 끄덕였소. 그 다음은 눈빛으로 주고받았소. 그가 연정을 품은 여인과 만나는 걸 알고 도끼자루 같은 땔감을 한 지게 선물하였소. 설사례다운 일이라 나는 축하하고 또 축하하였소. 그때부터 나는 사례를 원효로 부르기 시작했소. 사례가 더욱 사람 같아서 그랬소. 설사례, 아니 내 친구 원효 대사여, 사랑을 아는 당신이 부처이외다.

물만두

장 보러갔다 물만두 앞에 멈춰선다
옛일이 어제 일처럼 떠오른다

후배는 숙취 해소에 좋다며
중국집에서 물만두를 시켜준다
물만두 집어먹으니
그가 했던 말이 생각난다
내가 사랑하는 여인은
애를 떼고 나에게서 떠났고
사랑하지 않는 여인은
애를 뗐으나 떠나지 않았다
후배의 말은 자정 넘어서까지
전등과 식탁 사이에서
흐느적거리다 사라졌다
맥락 없는 말을 들으며
나는 의미 없이 술잔을 비웠다
그런데 물만두라니!
입안에서 금세 흐늘거리는
물만두 집어먹으며
올라오는 숙취도 삼켜야 했다

물만두 한 봉지 장바구니에 넣는다
흐느적거림을 알 나이 되지 않았는가

비처럼 내리는 과거라는 돌*

초등학교 상급반 때 선생님께
슬리퍼로 뺨을 맞았습니다
그날 하굣길에서
윗집 아저씨가 아주머니를
주먹으로 내리쳐
쓰러뜨리는 것을 보았습니다
동네 사람들이 몰려들었지만
아무도 말리지 않았습니다
그 속에서 아랫집 아주머니가
자기 아들 귀때기를 잡아당기며
낫으로 모가지를 쳐죽일 놈아
쇠꼴은 언제 베올 거냐고
핏대를 세웠습니다
날이 어두워졌을 때
우리 아버지는 마당에서
예배당에 다니면 죽이겠다고
누이 머리채를 잡고 흔들었습니다
저녁 아홉 시 안 된 시간에
나는 건넌방 이불 속에서
오늘도 무사했다고

어금니 악물며 잠이 들었습니다

*켄 로치 감독의 영화 제목 〈레이닝 스톤〉에서 따옴.

복권

학내시위 사건으로 도주했던 첫눈 내리던 날 초조함 속에서 유독 한 사람이 떠올랐는데 오래 전 마음속에서 지운 할아버지였다. 독립운동가로 알고 있었던 할아버지는 만주에서 독립운동은커녕 술만 마시며 세월을 축냈다 한다. 그런데 할아버지의 그 술이 학생들의 술처럼 따스하게 느껴졌다. 그날 저녁 전두환을 풍자하는 문학행사 위원장이었던 나는 경찰에 붙잡힐 뻔했다. 하지만 학교 앞 술집에서 술 마시고 있었던 학생들이 스크럼을 짜고 경찰을 막아주어 유유히 빠져나올 수 있었다.

영등포역 뒷골목 낡은 여인숙 창밖으로 내리던 함박눈 속에 할아버지가 웃고 있었다. 나는 함박눈을 향해 자꾸 손을 까불렀다. 머잖아 경찰에 붙잡혀 구속될 것이라는 불안감이 사뿐사뿐 내려앉았다. 나는 할아버지를 독립운동가로 복권하였다. 유년의 내게 아버지는 할아버지를 독립군에게 군자금 몇 푼 쥐여주고 후회하는 사람이었다고 실토해 슬퍼했지만 작은 사람이었으면 어떠리. 물고기들을 에워싸는 숱한 수풀 중 하나였으면 어떠리. 수풀처럼 나부끼며 목이 꺾일 정도로 빛을 올려다본 아주 연약한 사람이었으면 어떠리.

유모차 탄 강아지 바라보며

반백의 아저씨가 동네 길에서
강아지 태운 유모차를 끌고 간다

우리 아버지는 저 나이에
나무에 매달아놓은 황구를
몽둥이찜질하고 있었다

나는 아무렇지 않게
그 옆을 지나쳤었다

걸음 멈추고 돌아서서
그들이 보이지 않을 때까지
뚫어져라 바라본다

왜 지나치지 못하는 것일까
축 처져 퍽퍽 소리났던 황구 곁은
그렇게도 잘 비껴갔는데

고등어구이

고등어구이를 먹습니다
우물가 향나무 사이에서 울고 있던
열한 살의 내가 됩니다

친구 어머니가 우물가에서
손질한 고등어 몇 마리 들고
지붕 낮은 집으로 뛰어갔습니다
우물가로 나온 이웃집 아주머니는
두레박까지 들여다보며
눈 빠지게 고등어를 찾았습니다

내가 도둑이라도 된 것처럼
들키지 않으려고 울면서
향나무 비늘을 깨물었습니다
숨바꼭질 끝날 때쯤
비늘에서 비린내가 진동했습니다

처음 맞닥뜨린 어른의 죄가
왜 내 죄가 되어야 했는지
왜 나는 온몸에 치떨어야 했는지

고등어는 알고 있을 겁니다

고등어구이를 먹습니다
열한 살의 내가 어른이 된 내게
아직도 울고 있느냐고 묻습니다

우리들의 금주 누나

사랑하는 동근 씨, 만난 지 얼마 안 되었지만 또 보고 싶어요. (우리는 손편지 배달부 하급생 손에 개살구 몇 개 쥐여주고 잉크 펜으로 눌러쓴 편지를 읽었다.) 저번에 동근 씨가 너무 세게 키스를 해서 혓바닥과 입술이 부어올랐어요. (우리는 까르르 웃었다.) 쓰라려 죽겠어요. 그래도 괜찮아요. 머리하러 미장원에 온 아가씨들이 눈을 흘기지만 시샘해서 그럴 거예요. 동근 씨가 더욱 보고 싶어요. 동근 씨, 당신은 나의 모든 것이에요. (동근 씨, 사랑해요! 누군가 두 손 모아 읊조렸고 우리는 또 까르르 웃었다.) 당신이 그리워요. 내가 미장원에서 하루 종일 서서 일하며 견딜 수 있는 힘이랍니다. 저번에 만난 거기 찔레꽃 아래에서 주말 그 시각에 만나요. 당신이 사무치게 그리워요. (우리는 동근 씨, 사랑해요! 하고 몇 번이나 합창을 하였다.) 당신의 금주.
PS : 바람맞으면 내가 못견뎌하는 거 알지요? 못 나올 경우 편지 전하는 제 조카아이 통해 꼭 답장 보내줘요. (누군가 찔레꽃을 찾아가자고 했지만 아무도 대답하지 않았다. 우리는 이미 동근 씨가 되어 찔레꽃 아래에서 미용사 금주 누나의 붉디붉은 입술을 핥고 있었을 것이다. 금주 씨, 사랑해요!)

코스모스

코스모스 한 송이 꺾어
언젠가 진흙 속에 묻어둔 걸
꺼내야겠어요

당신과 주고받은
그 많은 이야기들이
그대로 있을 거예요

누구도 흉내내지 못할 빛깔로
살아 숨쉬며
기다리고 있을 거예요

아니에요
가만두는 게 낫겠어요
꽃을 꺼내든 순간
꽃빛이 바래니까요

당신은 날마다 하늘거려요
그 양계장 언덕배기에서
처음 만났을 때처럼
내게서 쉼 없이 피어나니까요

고목나무 아래에서

부여 외산 무량사 앞
고목나무 같은
할매 할배가 지은 밥
먹어본 사람은 안다.
입안에 착착 들러붙기보다
슬며시 스며들었다가
두고두고 군침돌게 하는 맛을.
토란국이며 가지무침,
머위나물, 나박김치가
몇 해 흘렀는데도
여전히 입 안에서 맴돈다.
심심하다 못해 무심하면서도
지워지지 않는 맛은
대체 어디서 온 것일까.
헤아려도 알 길 없지만
할매 할배가 떠올라
고목나무에 꽃 핀다는 걸
믿게 되는 것이다.

심청의 독백

꽃을 꺾는 게 아니었어
나를 죽이고
아버지도 죽이는 것이었어

산나물 캐다 팔며
아이들과 술래잡기해야 했어
싸우다 토라지기도 하고
풀어져 어깨동무도 해야 했어

어린 꽃 꺾지 말았어야 했어
아버지는 나 업고 다니며
동네에서 젖동냥했을 때처럼
개울에 빠지지 않고
마냥 하늘거렸을 거야

부대낌이 있을 때마다
돋아나는 게 꽃이라는 걸
알지 못했어
피는 꽃 꺾는 게 아니었어
꽃으로 살아야 했어

황화

황화가 없다
내가 세 살 때부터 자란 황화가
그 자리에 분명 있는데 없다
몇십 년 만에 찾은 황화는
내가 찾는 곳이 아니다

집 앞 꼬불꼬불한 길이 없다
발 아래 질경이와 무릎 옆
개망초꽃이 없다
갑자기 튀어나오던 꽃뱀도
쫓기던 참개구리도 있었던
내 유년이었던 길이 없다
길이 있어도 없다
다가갈수록 황화가 멀어진다

가까이 갈수록 황화가 없어
자동차에 올라타
도망치듯 빠른 속도로 몬다
아, 어찌된 일인지
논둑길이 쫓아오고 있다

그 좁다란 길에 있었던
나의 모든 것이었던 것들이
나를 향해 달려온다

황화에서 멀어질수록
황화가 뒤에서 웃고 있다
황화가 앞에서 웃고 있다

후진하는 열차에 올라탄 혁명적 낭만주의자

김정수/ 시인

"나, 다시 돌아갈래!"
— 영화 〈박하사탕〉 중에서

겉으로 드러나는 '나'라는 존재성은 무엇으로 규정할 수 있을까. 사람마다 고유한 다른 값을 가지고 있어 특정 개인을 식별할 수 있는 지문이나 음성, 홍채 인식으로 '나'를 증명할 수 있다. 이런 확실한 인식 기술이 개발되기 전에는 생김새(특히 얼굴)나 목소리, 냄새 등이 '나'와 '타인'을 구별하는 수단이었을 것이다. 특정 부위의 상처(흉터)나 점點 같은 특징도 부분적으로 나의 존재를 타인과 구분할 수 있는 한 방법이다. 외모로 구분할 수 없는 경우라면 유전자를 통해 규정된 형질을 확인할 수 있다. 조상으로부터 물려받은 DNA에는 고유의 유전 정보가 담겨 있고, 이는 후대에 고스란히 전해진다.

시간을 한없이 거슬러 올라가면 원거리에서는 형체와 목소리, 근거리에서는 얼굴이나 냄새가 나와 타인을 식별하는 기호였을 것이다. 형체를 식별할 수 없는 어둠 속에서는 목소리와 냄새, 혹은 손의 촉감으로 존재 확인을 하지 않았을까. 프랑스 철학자 로랑스 드빌레르Laurence Devillairs 는 『철학의 쓸모』(FIKA, 2024)에서 "우리를 규정하는 것은 무엇보다 숫자로 표시되는 신체 사이즈와 눈이나 머리칼의 색깔처럼 겉으로 드러나는 외모, 즉 육체"라며 "아이러니하 게도 우리가 누구인지 알아볼 수 있게 해주는 것들은 우리 가 선택한 것"이 아니라고 했다.

우리의 외모는 물려받은 유전 형질과 자연환경, 생활환 경에 따라 결정된다. '나'라는 존재와 타인을 구별짓는 외적 인 것들은 자신이 원해 결정된 것이 아니므로 자신의 외모 는 '나'이면서 동시에 '나 자신'이 아닌 것이 된다. 나와 타인 을 구별할 수 있는 눈(홍채)이나 손(지문)은 엄연히 내 육체 에 속해 있지만, '나'라는 존재는 내 의사와 무관하게 나에게 주었을 뿐만 아니라 내가 스스로 만들거나 결정한 것이 아 니기 때문이다.

현대 문명사회에서 나를 규정하는 일은 나를 증명하는 것과 다르지 않다. 또한 나를 규정하고, 증명하는 일은 내 정체성을 확인하는 것과 다르지 않다. 이건행의 첫 시집 『상사화 지기 전에』는 잃어버린 나를 찾아 떠나는 과거로의 여행이다. 시인은 천간天干과지지地支의 60개 조합인 육십 갑자六十甲子, 즉 인생의 한 바퀴를 돌아 환갑還甲의 자리에 섰다. 다시 60개의 첫머리인 갑자甲子, 즉 진갑進甲의 나이 가 되어 자신의 존재를 확인하는 숭고한 자리에 서서 삶을 반추한다. 시인은 앞으로 나아가는進 대신 삶의 시계를 자 꾸 뒤로 돌린다. 마치 영화 〈박하사탕〉에서 달려오는 열차 를 정면으로 마주한 중년 사내가 "나, 다시 돌아갈래!"라고

외친 후 가장 순수했던, 가장 행복했던 시절을 향해 시간을 뒤로 돌리는 듯하다.

후진하던 열차가 멈춘 역마다 특별한 사람들과 사연이 정차해 있다. 첫 번째 역에는 한 신문사 노조위원장을 하다가 백수가 된 나와 어머니(「전어구이」), 두 번째 역에는 꿈 많았던 젊은 시절 공장에서 일할 때의 일화(「공장」), 세 번째 역에는 전방 철책선 지하 벙커에서 포르노를 처음 보고 토하던 군대 시절(「포르노 연가」), 네 번째 역에는 학내시위 사건으로 도주 중 찾아갔지만 만나지 못하고 돌아선 첫사랑(「사랑의 무게」), 다섯 번째 역에는 박정희 개새끼라고 욕하는 아버지와 이를 말리던 어머니의 가족사(「솔밭에서」), 그리고 춤과 싸움으로 점철된 유년(「싸움」)의 '나 자신'이 존재한다.

이름조차 사라진 "내가 세 살 때부터 자란 황화"(「황화」) 역에는 '이건행'이라는 열차가 정차해 있다. 시인은 열차가 후진해 멈출 때마다 흉중에 품고 있던, 미처 소설로 풀어놓지 못한 절절한 이야기들을 고백과 참회의 형식으로 들려준다. "사람과 사람을 만나 피어난 이야기"(「시인의 말」)를 길어올리는 이건행의 시는 "고민의 흔적"(「시」)이면서 '나'라는 존재의 정체성 찾기라 할 수 있다.

영화 〈박하사탕〉의 주인공 김영호가 세상의 끝에 서 있는 듯한 불운한 사내라면, 시집 『상사화 지기 전에』의 시인(시적 화자)은 기존 질서에 반기를 드는 강골 기질이 충만한, 혁명을 꿈꾸는 낭만주의자다. 하지만 세상은 내가 원하는 대로 움직여 주지 않는다. 나이가 들어갈수록 꿈은 점차 멀어지고 생활인으로 순응하면서 혁명으로 이루고자 했던 세상의 자리에 '삶의 회의'가 들어선다. 그럴 때마다 시인은 술을 마시고, 때로 춤을 춘다. 술을 마신다고 해서 문제가 해결되는 것은 아니지만, 잠시나마 "통증을 까맣게 잊"(「진통제」)을 수 있게 해준다. 시인이 원한 세상은 현재에 '존재' 할 수도, 존재하지 않을 수도 있다.

시인이 행동으로 보여준 민주·인권·노동·통일 같은 시대적 거대 담론은 전혀 이루어지지 않은 것도 있고, 이루어가는 것도 있고, 좋아지다가 나빠지는 것도 있다. "수직적 폭력"(「바빌론 강가에서」)은 다소 나아진 것처럼 보이지만, '수평적 폭력'은 오히려 심화하고 있다. "더 아름다운 서민 세상"(「서민이 서민을 죽인다는군요」)을 만들어가기 위해 서로 노력해야 하지만, 실상은 "서로를 끌어내리느라 바쁘다"(「수평적 폭력」). 거대 담론에서 한 발짝 물러선 시인의 일상에 수시로 찾아드는 의문이다.

시인은 가진 것 없어도 서로 나눈 '서민적 사랑'의 부재를 아쉬워한다. 역사든, 개인의 삶이든 현재의 삶은 과거의 연장이다. 미래의 삶도 과거와 현재의 연장선상에 존재한다. 이건행이라는 시인이 과거로 여행을 떠날 수밖에 없는 또 다른 이유다. 단순히 정체성을 찾으려는 것, 혹은 문학의 확장 차원이 아닌 현재보다 더 나은 미래를 위한 자신의 내면으로 떠나는 성찰적 여행이라 할 수 있다.

미세 먼지 짙게 깔린 봄날
사무실 인근 백화점에서

주민등본 떼는데 오류가 뜬다

오른쪽 엄지 지문을 입에 대고

김을 쏘여도 소용없다

발급기는 은행 제출 시한 따위

알 바 없다는 듯 너를 증명하라고

명령할 뿐이다

지문 인식이 안 되는데

나를 어떻게 설명한단 말인가

나는 아무개, 책 몇 권 읽은 먹물,

구름 쫓는 수캐, 미세먼지…

AI는 꿈쩍하지 않는다

기를 쓰고 나를 찾아도

나는 없다

나는 나가 아니다

그럼 나는 도대체 누구란 말인가

— 「나는 없다」 전문

　시집 맨 앞에 수록된 시 「나는 없다」에서 시인은 '나의 부재'를 통해 '나의 존재'를 확인하고 증명하려 한다. 이 시에서 존재의 증명은 일상의 필요, 즉 은행에 제출하기 위해 "사무실 인근 백화점"에 비치된 무인 발급기에서 "주민등록등본을 떼는데 오류"가 뜨면서 발생한다. 지문은 사고나 노동 환경에 따라 지워지거나 변형되어 인식 못할 수도 있다. 흐려진 지문은 입김을 불어도 재생되지 않는다. 오류가 뜨는 순간 무인 발급기 앞에서 나의 존재를 증명할 방법은 없다. 그 순간 나는 그곳에 있는데, 존재하지 않는 존재가 된다.

나를 증명할 수 있는 주민등록등본은 무인 발급기, 더 정확히는 주민등록이 보관된 정부 서버에 존재한다. 그보다더 정확히는, 무인 등록기 앞에 서 있는 '나 자신'만큼 확실한 증명이 어디 있겠는가. 하지만 '나'라는 존재를 증명할지문이 인식되지 않는 상황에서 나는 그곳에 부재하다. 그런 의미에서 보면, 존재한다는 것은 지각되는 것이다. 우리는 인식하기 이전에 존재하지만, 존재를 증명하는 수단이사라지면 존재하지만 존재하지 않는 존재가 된다.

시인이 제시하는 이력 "나는 아무개, 책 몇 권 읽은 먹물,/구름 쫓는 수캐, 미세먼지"는 좀 엉뚱할 수도 있다. 하지만가만히 들여다보면 후진하는 열차에 올라탄 시인의 정체성과 무관하지 않다. 성 다음에 붙이는 "아무개"라는 익명은'건행'이라는 이름 대신 막연한 누군가를 지시한다. 이는 '건행'이라는 인물은 특별하지 않다는, 장삼이사張三李四에 불과하다는 겸손이다.

지문이 지워진 자리에 나 대신 "아무개"가 차지한다는 것을 상징한다. "먹물"도 공부깨나 한 지식인의 자리에서 "책몇 권 읽은" 사회적 위치로 자신을 내려놓는 겸양이다. 마찬가지로 "수캐"는 순수한 사랑의 역설을, "미세먼지"는 티끌과도 같은 허무한 삶을 의미한다. "나는 없"고, "나는 나가아니"라는 존재 확인은 "나 자신이 모르는 무언가가 내게서피어날 수도 있"(「상사화 피기 전에」)다는 가능성의 확인일수도 있다.

어머니 모시고 조계사 들렀다 인사동에서 전어구이에
막걸리를 마셨습니다 노릇노릇 구워진 전어가 혀에 착착
감겼습니다 어머니 아니었다면 입가에 전어 부스러기와
막걸리 묻어 있는 줄도 몰랐을 겁니다 그런데 입가 훔치
고 어머니를 바라본 순간 가슴이 뜨끔해졌습니다

　　어머니는 수염 덥수룩한 나를 지긋이 올려다보고 있었
습니다 눈빛이 예사롭지 않았습니다 안쓰러움이 가득 배
어 있다는 걸 느꼈습니다 신문사 노조위원장으로 있다
백수가 된 내게 너는 왜 대학 시절부터 지금까지 쌈박질
만 하며 좋은 시절 다 흘려보내느냐고 질책하는 것 같았
습니다

—「전어구이」 부분

　　"혁명가를 유행가처럼 불렀던 당신이 달라지는 걸 보고
얼마나 낯설었는지."
　　"…"
　　"당신을 영웅으로 알고 산 내가 미쳤지."
　　"당신은 나에 대한 원망이 지나쳐."
　　"가정적인 사람이 된 건 인정해요."
　　"그럼 됐지. 뭘 더 바라냐고. 부탁인데 영웅이란 말은
입에 담지 말라고."
　　"웃기게도, 변한 당신 모습 보니 슬퍼지더라고요. 세상
을 손바닥 손금 내려다보듯 바라보던 당신은 나의 산이었
는데."

114

"뭘 말하려는 건지 당최 이해가 안 되네."

"당신이 해준 파스타 먹으며 속으로 울었어요. 시민, 시민 하는데 풀 죽어 있는 당신이 딱하더라고요."

"…"

"당신은 푹 꺼진 산이에요! 언젠가 우리가 중국인거리에서 사먹었던 공갈빵."

"…"

—「공갈빵」부분

"나는 도대체 누구란 말인가"라는 존재론적 의문을 품고 올라탄 열차가 후진하기 시작한다. 첫 번째 정차한 역에는 혁명가에서 백수-소시민-가장으로 돌아온 한 사내가 기다리고 있다. "신문사 노조위원장으로 있다 백수가 된" 첫 번째 풍경이다. 시인은 "어머니를 모시고 조계사"에 들렀다가 "인사동에서 전어구이에 막걸리" 한잔한다. 어머니는 입가에 전어와 막걸리를 묻히며 맛나게 먹고 있는 '백수 아들'을 안쓰럽게 바라본다. 어머니는 한마디도 하지 않지만, 아들은 어머니의 눈빛과 침묵에서 마음을 읽어낸다. 사랑하는 사람만이 말을 하지 않아도 상대의 마음을 알아챈다. 밥상을 앞에 두고 내리사랑과 치사랑이 서로의 마음을 관통한다.

가을 전어 굽는 냄새에 집 나간 며느리가 돌아온다는 말을 상기하면, '전어구이'라는 사물은 '덥수룩한 수염'의 이미지를 만나 '백수'라는 시인의 상황을 증폭한다. 여기에 어머니의 눈빛과 침묵이 더해져 시인의 자책은 깊어진다. 자책

115

은 "신문사 노조위원장"의 활동과 "대학 시절"의 시위마저 "쌈박질"로 끌어내린다. 어머니의 안쓰러운 눈빛을 바라보며 "가슴이 뜨끔"하는 순간 존재론적 고민은 사라지고, 그 자리에 실존적 고뇌가 틈입한다. 어머니는 아들을, 아들은 전어구이만 뚫어지게 바라본다.

서로 다른 대상을 보고 있으면서 무언의 대화를 하고 있다. 한 사람은 '질책'을, 한 사람은 '자책'을 하고 있지만, 속으로는 같은 말을 주고받고 있다. 하지만 자세히 시를 들여다보면 질책은 없고, 자책만 있다. 자책의 농도는 시시각각 변한다. 자신이 미워지다가, 자신을 원망하다가, 스스로 위로한다. 신문사 기자에서 백수가 된 이번 정차 역에서 시인은 "다시 과거로 돌아간다 해도 그렇게 살 수밖에 없다"는 결론에 도달한다. 노조위원장을 한 것도, 백수가 된 것도 타의가 아닌 자의에 의한 것이므로 후회는 없다는 당당함이다.

첫 번째 풍경의 「전어구이」가 어머니의 눈빛과 침묵에 반응하는 시인의 독백이라면 두 번째 풍경의 「공갈빵」은 줄곧 아내와 대화한다. 아내는 공격/토로하고 남편은 방어/변명한다. 아내는 유행가처럼 혁명가를 부르던 시인에게서 '영웅'의 기질을 보고, 그 풍모에 반해 결혼한다. 아내는 살아가면서 수직적 폭력에 맞서 싸우던 투사적 기질은 사라지고, 점차 가정적인 남편으로 변해가는 모습을 낯설어한다.

아내는 그런 남편의 변화에 실망 대신 산이 무너지는 듯한 슬픔을 느낀다. 불끈 쥐고 혁명가를 부르던 손으로 "해준 파스타를 먹으며" 아내는 속으로 운다. 「전어구이」에서는 술이 '용기'를 준다면 「공갈빵」에서는 '좌절'을 상징한다. 어머니는 자식을, 아내는 남편을 안쓰럽게 바라본다. 대화가 이어질수록 남편은 수세에 몰린다. 변명하면 할수록 궁색해진다. 공갈빵이 상징하듯, 겉으로 볼 때는 크지만 속은 비어 있다는 자기 고백적 풍자다. 하지만 승자는 없고 패자만 있는 슬픈 대화다.

아내에게는 공갈빵의 이미지, "이십대인 딸과 아들"(이하 「죽은 혁명의 사회」)에게는 "단물 빠진 껌"으로 비친다. 20대 때 시인은 "세상을 변화시키겠다"고 했는데, 자식들은 결혼하더라도 "애 낳지 않겠다"고 한다. 사회 변혁을 위해 투쟁한 386세대로서는 이해할 수 없는 인식의 차이다. 출산율 6명의 시대(1960년대 평균)에 태어난 시인은 합계출산율 0.72명(2023년), 국가소멸을 염려하는 상황에서도 애를 낳지 않겠다는 자식들의 생각을 받아들이지 못한다. 다만 "내가 모르는 시대가/ 숨겨져 있다고 생각"하며 애써 이해하려 할 뿐이다.

첫 번째 역에서 시인이 확인한 것은 안쓰러운 어머니의 눈빛과 아내의 슬픔, 그리고 자식들과의 세대의 차이라 할 수 있다. 한 어머니의 아들로서, 한 아내의 남편으로서 기대에 부응하지 못하는 자신에 대한 자책과 변명, 그리고 자식들의 생각에 동의할 수 없는 고지식한 아버지의 자화상이다.

공장 들어가는 게 꿈이었던 시절이 있었지. 두 번 다시 오지 않겠지만 공장에서 일을 했었지. 한 반이었던 또래

여공과 쉽게 정이 들었지. 잔업이 없는 날에는 공장 앞 구
멍가게에서 소주를 나눠마셨지. 은행나무 잎들이 떨어져
공장을 마구 뒤덮었던 날에도 우리는 소주를 들이켰지.
그 아이 얼굴이 빨개지고 눈빛이 촉촉해졌을 때 서둘러
술잔을 거두었지. 자취방으로 가는 골목길에서 숨이 가빠
멈춰 섰지. 여공의 사랑 고백을 본능적으로 막은 나 자신
에게 소스라치게 놀라서였지. 꿈이었던 공장에 들어가 내
가 느꼈던 건 뼈아프게도 그뿐이었지. 꿈 많았던 젊은 시
절에 공장에서 일을 했었지.

— 「공장」 전문

후진하는 열차가 정차한 두 번째 역의 풍경은 백수가 되
기 전으로 짐작되는 직장인의 삶이다. "지방 출장 가는데/
초등학교 친구에게서/ 보험 들어달라는 전화"(「저녁놀」)를
받고, 아내가 친구랑 눈맞아 야반도주했다고 친구에게 새
벽 전화가 걸려오고(「새벽 전화」), 춤을 춰야 산다며 "차 부
품공장에 다녔던 성현이는/ 노동법 야학 수업을 빼먹고/ 자
주 나이트클럽"(「희망은 과거에서 온다」)에 간다.

이번 역에서는 현실의 질곡에 빠진 인간의 문제와 노동
환경이 독립해서 존재하는 것이 아니라 한데 엉켜 있는 난
해한 과제라는 것을 보여준다. 자아나 가족 밖의 타자에 관
한 관심은 시인의 가치관과 정체성에 '혼란'이라는 각성제
를 주입한다. 이는 지금 걷고 있는 길이 옳은가에 대한 자
성을 동반하고, 향유하고 있는 삶과 그에 따른 태도와 행동
에 영향을 미친다.

위의 시는 소박한 꿈을 이룬, "젊은 시절 공장에서 일"할 때의 일화를 담담하게 진술하고 있다. 공장에 취업하고, "또래 여공과 쉽게 정이 들"어 자주 같이 술을 마시고, 관계가 깊어지는 순간까지만 선택적으로 서술하고 있다. 공장에서 일한 이유가 생계를 위한 것인지, 위장취업인지 명확히 드러나지는 않지만 꿈과 노동의 즐거움 이면에 '거리감'이 존재한다. "여공의 사랑 고백을 본능적으로 막은" 장면에서는 은연중 수직적 차이와 선민의식이 깔려 있는 것은 아닌지 의문이 든다.

일과 사랑을 '소유'할 수 있는 여건이지만, 흔쾌히 둘 다 '향유'하지는 못한다. 만약 공장 취업이 목적이 아닌 수단이라면, 사랑은 목적을 방해하는 요소로 작용할 것이다. 하여 친분 이상의 관계 진전에 "소스라치게 놀라"고, 한 발 뒤로 물러나는 모순된 행동을 보일 수 있다. 이는 위장취업에 무게 중심을 둔 자의적 해석이다. 하지만 이 시에서 노동의 가치나 정신, 심지어 노동의 문제나 불합리를 건드리지 않는다. 노동이나 사랑보다 또래 여공과의 관계성에 치중함을 알 수 있다. "뼈아프게도 그뿐"에 그친 건 다 그만한 이유가 있을 것이다.

> 서 과부 아줌마와 길용 아저씨가
> 공중화장실 외벽에서 벌인 애정 장면이
> 왜 군대에서 떠오른 것일까
> 철책선 지하 벙커에서
> 포르노를 처음 보고 토했을 때

이상하게도 그때 장면이
눈물겹도록 아름답게 다가왔다
열한두 살 때였을 것이다
초승달이 위태롭게 떠 있던 날
우리는 총싸움놀이를 하고 있었다
파밭에 엎드려 숨죽이고 있는 나를
거친 숨소리가 집어삼켰다

—「파밭 연가」부분

사랑에도 무게가 있을까
스물한 살 초겨울
학내시위 사건으로 쫓기던 나는
무작정 서울에서 공주로 향했다
멀리서 공주사대 정문을 바라보며
온종일 누군가를 찾았다
실루엣만이라도 볼 수 있다면
얼마나 좋을까 가슴 졸였지만
그녀는 흔적조차 없었다
시내 여인숙에서
강소주를 마시며 밤새 흐느꼈고
그것은 작별의식이 되었다
교사 지망생인 가난한 그녀에게
나는 위험인물이어서
무조건 떠나주어야 했다
그 이후로 그녀를

단 한 번도 찾지 않았지만
단 한 번도 잊은 적이 없다
이렇게 시시한 사랑을
저울에 달면 저울추가 움직일까
정말 사랑에 무게가 있을까

—「사랑의 무게」전문

시간을 거슬러 세 번째 정차한 역의 풍경은 군대 시절이다. 영화 〈박하사탕〉에선 전방 보병사단에 배치된 신병 영호를 보기 위해 첫사랑 순임이 면회를 오지만 계엄령이 선포되어 만나지 못한다. 긴급 출동을 위해 군장을 꾸리다가 반합에 넣어두었던 박하사탕이 사방에 흩어진다. 첫사랑과 이루어질 수 없다는 복선이다. 달콤한 첫맛과 쌉쌀한 뒷맛의 박하사탕은 한 개인의 삶만을 상징하지 않는다. 역사적 격변기에 개인의 선택과 정치적 상황이 한 개인의 삶을 어떻게 망가뜨리는지를 보여준다.

반면 군대 시절을 다룬 단 한 편의 시「파밭 연가」에서 시인은 "포르노를 처음 보고 토"하는 개인의 삶에 천착한다. 군대라는 억압된 환경과 "철책선 지하 벙커"라는 폐쇄된 공간의 영향도 있겠지만, 이보다는 적나라한 섹스 장면에 대한 반감과 너무 어린 나이에 목격한 공중화장실 외벽에서의 불륜(섹스)이 성性에 대한 부정적 인식을 심어준 것으로 해석할 수 있다. 군대에서 본 포르노는 "열한두 살 때"의 총싸움 놀이와 그때 목격한 섹스 장면을 소환한다. 그때 의식 깊숙이 잠재되어 있던 섹스/불륜이라는 불편한 감정이 성

121

을 노골화·상품화하는 포르노에 대한 극단적인 거부반응으로 나타난 것은 아닐까.

후진한 듯, 후진하지 않고 다시 정차한 역은 대학 시절이다. 역사의 격변기를 건너는 청춘의 고민과 사랑, 불의에 항거하는 삶의 풍경이 펼쳐진다. 대학생이 되어 상경한 시인은 고향 친구가 일하는 종로 뒷골목 중국집에 가서 종종 짬뽕밥을 얻어먹다가 쥐꼬리만 한 친구의 월급을 축내고 있다는 말에 얼굴을 붉히고(「짬뽕밥」), 학내시위 사건으로 도주하던 중 서울 영등포역 뒷골목 낡은 여인숙에서 할아버지를 생각하며 내리는 함박눈을 바라보는(「복권」) 등 무안한 장면과 불안한 도피 생활이 교차한다.

영화 〈박하사탕〉에서 순임이 영호를 면회 가서 만나지 못하듯, 「사랑의 무게」에서 시인은 짝사랑하는 그녀를 찾아가지만 보지 못하고 돌아선다. "학내시위 사건으로 쫓기"고 있는 처지인지라 피해를 줄지 모르기 때문이다. "무작정"과 "멀리서"가 의미하듯, 만나려는 의도라기보다 '먼발치'에서 얼굴만이라도 한번 보기 위함이다. '도피'라는 벼랑 끝에 선 처지에서 그녀는 '실질적 도피처'가 아닌 '심정적 도피처'라 할 수 있다. 이용의 대상이 아닌 회의와 절망을 "견딜 수 있(게 하)는 힘"(「우리의 금주 누나」)이다.

이때의 사랑은 곁에 머무는 것이 아니라 "무조건 떠나주"는 것. 떠나서 "단 한 번도 찾지" 않고, "단 한 번도 잊"지 않는 것이다. 하여 시인이 생각하는 "사랑은 뜨거운 게 아니"(이하 「사랑은 뜨거운 게 아니더군」)라 "멀리 있는 것"이다. 한데 사랑은 "차가운 게 아니"라 "가까이 있는 것"이라

는, "첫사랑에게 한 글자도 쓰지 못하고 보낸 엽서가// 여태
껏 가슴에 고이 꽂혀 있다는"(「엽서 한 장」) 뒤늦은 깨달음
은 뼈아프다. 자신의 "슬픔을 모르는 것보다/ 큰 슬픔"(「전
등사 가는 길」)은 없다는 자각이다. 시인이 후진하는 열차
에 올라탄 결정적인 이유가 아닐까.

　　　박정희 개새끼라고 욕하는 아버지 입 틀어막으려다 어
　　머니는 봉변을 당하였습니다 아버지 손에 왼쪽 귀를 맞고
　　쓰러졌습니다 소리가 컸는데도 비명소리는 날카롭지 않
　　았습니다 모두 숨죽이고 있을 때 중학생 형이 불쑥 일어
　　섰습니다 술 냄새 풀풀 나는 아버지에게 울부짖으며 맞섰
　　습니다 머리라도 들이받을 기세였습니다 그때 방바닥에
　　주저앉아 있던 어머니가 어디에서 그런 힘이 솟았는지 형
　　뺨을 세차게 갈겼습니다
　　　　　　　　　　　　　　　　　　　　　—「솔밭에서」 부분

황화가 없다
내가 세 살 때부터 자란 황화가
그 자리에 분명 있는데 없다
몇십 년 만에 찾은 황화는
내가 찾는 곳이 아니다

집 앞 꼬불꼬불한 길이 없다
발 아래 질경이와 무릎 옆
개망초꽃이 없다

갑자기 튀어나오던 꽃뱀도
쫓기던 참개구리도 있었던
내 유년이었던 길이 없다
길이 있어도 없다
다가갈수록 황화가 멀어진다

가까이 갈수록 황화가 없어
자동차에 올라타
도망치듯 빠른 속도로 몬다
아, 어찌된 일인지
논둑길이 쫓아오고 있다
그 좁다란 길에 있었던
나의 모든 것이었던 것들이
나를 향해 달려온다

황화에서 멀어질수록
황화가 뒤에서 웃고 있다
황화가 앞에서 웃고 있다

—「황화」전문

　시간을 역행한 열차는 마침내 시발역인 유년에 도착한다.
그곳에는 불화하는 가족과 반항하는 어린 춤꾼이 기다리고
있다. 천천히 열차에서 내리다 말고 시인은 유년의 "상처를
내려다"(「나팔꽃」)본다. "감쪽같이 잊어도 될 일을/ 방금 벌
어진 것처럼"(「일주문 앞에서」) 아주 생생하게 떠올린다. 장

대비가 쏟아지는 초등학교 운동장에서 처연하게 비를 맞으며 울고(「장대비」), 논바닥과 운동장에서 코피 흘리며 친구와 싸우고(「싸움」), 중학생 동네 형의 강압에 못 이겨 참가한 콩쿠르 대회에서 막춤을 추고(「막춤」), 들판의 묘지에서 또래들과 밤새 춤을 추고(「나의 강강술래」), 중3 때 교단으로 나가 춤추며 노래 부르고(「사다리」), 할아버지 장례식 때 동네 아저씨가 해괴망측한 춤을 추고(「죽음의 축제」) 있다.

싸움과 춤은 답답한 현실에서 벗어나고 울분을 배출하는 해방구 역할을 한다. 이마저도 없었다면 어린 시인/춤꾼은 가출했거나 출가했을지도 모른다. 시인은 이 모든 상황을 외면하거나 회피하지 않는다. 오히려 현실을 직시하고 이에 당당히 맞서 싸운다. 이런 기질은 험악한 유신 시절에 "박정희 개새끼라고 욕"하는 아버지의 반항적 기질과 폭력성을 닮았다. 하지만 손으로 어머니의 왼쪽 귀를 때리거나 "누이 머리채를 잡고 흔"(「비처럼 내리는 과거라는 돌」)드는 것 같은 가정 폭력에는 거부반응을 드러낸다. 집 "뒤껼으로 난 좁은 길 끝에 있는 솔밭"은 도피처이면서 마음의 휴식처다.

시인에게 '솔밭' 같은 공간이 '황화'다. 물론 황화 안에 솔밭이 존재한다. "현재와 과거가 뒤엉"(「시인의 말」)킨 황화는 원형 공간이다. 하지만 "몇십 년 만에 찾은 황화는/ 내가 찾는 곳이 아니다". 순수 원형을 간직한 황화의 훼손과 다시 만날 수 없는 첫사랑의 그녀, 수평적 폭력을 서슴없이 드러내는 사람들에 대한 실망과 상실감은 시인을 좌절하게 한다.

'이건행'이라는 열차는 다시 현재의 역에 서 있다. 과거를 여행하고 현실의 자리로 돌아온 지금 시인의 앞에 놓인 길은 예전의 길은 아니다. 사라진 길을 찾아헤맬 것인가, 아니면 새로운 길을 개척할 것인가의 선택은 시인에게 달려 있다. 그 이전에는 "한 번도 경험해보지 않은 감정"(이하 「상사화 지기 전에」)이 작용한다. 그 순간 "나 자신도 모르는 무엇인가가 내게서 피어"난다. 그 무엇은 무엇일까? "딱히 한마디로 답하기 어려"운, 그 무엇. "휘갈겨 쓴 글씨가 빼곡한 메모장"(이하 「영원」)이나 "연두색 아령"처럼 생경하고도 영원한, "누구도 흉내내지 못할 빛깔로/ 살아 숨쉬"(「코스모스」)는, "찰진 고민들로 빼곡한"(「시」), 그런 개성 있는 시를 쓰고 싶은.

현대시세계 시인선 169

상사화 지기 전에

지은이_ 이건행
펴낸이_ 조현석
기　획_ 김정수, 우대식
펴낸곳_ 북인
디자인_ 푸른영토

1판 1쇄_ 2024년 10월 09일
출판등록번호_ 313 - 2004 - 000111
주소_ 121 - 842 서울 마포구 서교동 460 - 34, 501호
전화_ 02 - 323 - 7767
팩스_ 02 - 323 - 7845

ISBN 979-11-6512-169-3　　03810
ⓒ이건행, 2024